夏みかんの木

三ケ島千枝詩集

詩集　夏みかんの木＊目次

詩集　夏みかんの木

I

ゆりのちゃん

小学生の稽古を見ていたら
隣のお母さんから「ハイ」と言って
風船に水がたっぷり入ったような
ドボンとしたものを手渡された
生後四ヶ月の体重が六キログラムのゆりのちゃんだった

パパが抱くと泣きだすというゆりのちゃん
私の腕の中
指しゃぶりをして、団栗のまなこで私を見る
二の腕と太ももはボンレスハム

頬は果汁が飛び出しそうな桃の肌
私は彼女から
求愛を受けているような
夢見心地で抱いていた

お母さんはつわりがひどくて
剣道をやっているお兄ちゃんは
お父さんや仲間のお母さんが
送り迎えをしていた
久しぶりに赤ちゃんを連れてきたお母さん

剣道場に来る人を
家族にしてくれる
ゆりのちゃん

剣道大会

私は剣道大会のお手伝いをする
私は長女と二人で時計係である
小学生の試合時間は二分
中学生以上は三分の持ち時間
時計が止まっている間
私は三角の黄色の小旗を両手で掲げる

体当たりでぶつかり火花が出るような場面
固唾を飲んで見詰めてしまう

セレモニーでは大学生の模範演技がある
この学生たちは卒業後
ほとんど警察官を志望すると聞く
日本の治安のため
体を張って国を守る仕事をするのだ
日本の底力がエネルギーとなって伝わってくる

子供たちにはサッカーの方が人気があって
武道をやる子は少なくなっている
けれど大きな大会に行くと
会場は子供たちで埋めつくされる
厳しい稽古に励んでいる子たちが
ここにいる

高校野球

ビニールハウスの隣は高校のグラウンド
農作業をしていて野球部の練習を見ている
部員は五名だけ
キャッチボールをしたり
遠投を続けたりしている

先日、畑にボールが飛んできて
男子生徒が二人
「ボールを探させて下さい」と

頭を下げ直立不動で立っていた
一校では県大会に出られず
何校か合同でチームを組むのだ

誰がキャプテンなのか分からないけど
声を出し合い
ボールを投げ、球拾いを繰り返している
強豪校は甲子園に出るのが当然のようだが
チームの組めない球児に
私はエールを送る

未熟児

手を洗い、マスクをして、割烹着の白衣を着ると
保育器の中にいた子が
全身土気色をしている
私は右手人差し指で
その子の左胸をポンと押す
たちまち体はピンクのバラ色に変わる
そんなことを何回か繰り返し
その子は「健吾」という名前をもらって退院していった
隣の産科病棟で生まれて、直ぐ未熟児室に入った赤ちゃん

母親になったばかりの人は
寝間着姿のまま
ガラス窓の外
いつまでもジッと我が子を見ていた

七百グラムで生まれた子でも
お母さんのお腹の中に長くいたので
手足をバタバタ動かし元気な子だった
何ヶ月後かに二千五百グラムになって未熟児室を出て行った

小児科の看護師をしていた
四十年以上も前のこと

イチゴを食べて

赤いイチゴのへたを取り
一口食べたら
ふと、シリアの難民の子たちの涙を想った
深い海底の地続きの国
私の今見ている月を
半日前、あの子たちは
どのような想いで見たのだろうか
内戦は六年も続いている

日本も七十年前、食糧難で
ユニセフから支援を受けたことがある
飽食の今の日本
私たちは、そこにどっぷりと漬かっている

目の輝きを失った難民の子たち
私は彼等に何が出来るだろうか
せめて、私の衣・食・住の
わずかでも分けてあげなければ
いつか、あの子たちの目がキラキラ輝くまで

手紙

返事の来ない手紙をあなたに出します
この手紙を読んでも
あなたはいつもと変わりなく
写真の中から私を見るだけでしょう

あなたといると
私は母の腕の中にいるような
温かさがありました
最後にケンカしたとき

「何十年も女房でいて、俺の気持ちが
解らないのか」
と、怒られました

三人の子がいて
長女は近所でもうわさになるくらい
派手なところがありました
けれど
「人が何と言おうと家の中が
うまくいっていればいい」
と家族を大切にしました
子供も孫も家に来ると
線香をあげチーンと
鉦を鳴らす音が聞こえます

六十一歳のあなたは黒々とした頭髪
あれから七年経った今
私の顔のシワも増えました
かねてから四国八十八カ所巡りに
行こうと約束しましたけれど
そちらの国で回っているのでしょうか
私も身軽になったら
この手紙とあなたの写真を胸に
約束どおり巡礼の旅に行きます

春休み

中学を卒業した孫が
高校に入るまでの間
畑に来て仕事を手伝っている

サッカーの好きな子で
入学したら畑には来られないけど
春休みの間農作業をやっている

彼は言う

「お父さんと同じ仕事をしたい」

長男は彼のため
長靴とつなぎの作業衣を用意した
それを纏った彼は
いっぱしの農業人

小松菜の一本一本を
丁寧に根を切り
泥を落として秤に載せ
二百五十グラムになったらビニール袋に入れる
私のと混ぜて
段ボールに詰めようとしたら
別にしてと言われた

サッカーと小松菜を追う彼の目は
まっすぐで輝いている

Ⅱ

母とのやりとり

母は働き者だった
農繁期を終え
古着などを扱う衣料品店から頼まれ
ゆかた・布団・座布団を作る内職をしていた

かたわらで私が縫いものをする
「左手が隠居様になっているよ」
と言われた

私は母にたずねた
「どうしてそういう縫いものが出来るの」
すると母は
「娘時代、二、三十メートル先の学校の先生をしていた家の女親の人に、
縫いものを習いに行ったんだよ」

母の実家は、歩いて三十分位かかる
母は長女で妹が二人いる
その妹たちと長身の母と三人
縫いものの風呂敷包みを抱え
嫁に来るとも知らず
家の前の道を通っていたのだ

私の十代の頃の母とのやりとり

手先の不器用な私は
働くということだけは母から教わった

空

何気なく空を見上げたら
雲一つない
透明な水色の空が
どこまでも広がっている

一週間前には大きな台風がやってきて
大水と土砂が濁流となり
家も人も流していった

降るだけ降った雨
そして涙を流した人たち
その水を全て飲み込んだのか
余りにもきれいな空の色

祖父の葬儀で火葬場へ向かうとき
フト見上げた空
台風の去った後で
綿帽子の雲がいくつも浮かんでいた
あの雲と一緒に
祖父は黄泉の国へ旅立ったのだ

母に会いたいと思うとき
私は空を見上げる

言葉について

私は今埼玉県に住んでいる
話し言葉は標準語であると思っている
でも生まれは新潟県
細かくみるとなまりがある

学生寮にいたとき
物を捨てるのを
私は「投げる」と言っていた
九州からきていた友だちは

粗野な言葉だと私を見るのだった

実家の義理の姉は
母から「あね、あね」と呼ばれるのを嫌がっていた
長男の嫁だからと思っていたけれど
今は電話で話すとき
「ねえさん、ねえさん」と呼びかけている

私も今の家に嫁いだ頃
義父母の話し言葉が半分くらい理解できず
大まかなところで頷いていた
子供や孫たちと普通に話をしているが
他所《よそ》から来た人には方言があったりするのだろう

霊媒師

一番上の姉は
癌の病に罹り
当時、薬は保険がきかず
父は畑を売って治療費を作った
しかし、療養の甲斐も無く
姉は五歳の娘を残し
三十三歳で亡くなった

亡くなった後

母は心配で私を連れて
近所の霊媒師の所に聞きにいった

霊媒師の女の人は
いつも着物を着ていて
色白で視力が弱そうだった
赤ん坊を背負った娘さんと思われる人が
細々と世話をしていた

「家の中に入りたいけれど、垣根の中から入れない」
と、亡くなった姉の声で
霊媒師の女の人が言っている
母は涙をこぼし聞いていた

訪ねたときは朝食どきで
霊媒師の人がじゃが芋のみそ汁を
美味しそうに飲んでいたのが
小学生だった私には忘れられない

花のいろ

トイレそうじをするとき
軽くて、バケツより小さい
黄色のポリエチレン製の桶を使う
これは私が嫁にきたとき
祖母が
「これを使ったらいい」と渡してくれたもの

それから四十年以上
使い始めたときのまま

色あせもせず
黄花コスモスの花のいろを保っている

嫁に来たときは
三世帯だった

祖母はおしゃれな人で
普段着でもクリーニングに出していた
ある日、爪を切ってくれと言われた
けれど、深爪にして痛そうだった
祖母は何でもなかった顔をしてくれた

「トイレそうじをよくすると、いい子が出来るよ」
と、ほめられたような気がして

私はせっせと励んだ

祖母からは着物も指輪も
もらわなかったけれど
トイレそうじをしていて
ふと、メガネをかけた上品な顔が甦る

銀杏の葉っぱ

木枯らし一番の吹いた翌日の朝
隣の神社から飛んできた銀杏の葉っぱが
庭先に吹き溜まりとなっている

小学生のときのことが甦る
小学校の校庭には銀杏の木が何本もあった
秋になると葉っぱが落ちて金色の庭を歩くと
カサコソと音がした
私は天国の道とはこういう所と思った

近所のお寺では
お盆に施餓鬼をやる
本堂に座りお坊さんの読経を聞いたあと
散華となり
仏や花の描かれた紙片を
集まった人たちに分けてあげる

神社から飛んできた銀杏の葉っぱも
散華ではないかと
庭の隅で雑巾のように重なった葉っぱに
目には見えない神様が宿っていて
ありがとうございましたと
綺麗に片付ける

城

城は市街を見下ろす高台にあり
天守閣に行くのに
石段を何段も登らなければいけない
城を囲む石垣は
自然石が積み重ねられ
美しい曲線で縁取られている

石を運ぶのに
見上げるほど積み上げるため

重機のなかった時代
人力で何年もかけて作り上げた

名古屋城には
加藤清正が人夫たちを
激励する銅像が立っている
その時代
大将となる人は
旗や扇子を振って
力をふりしぼらせ
それに応えて人夫たちは
血と汗を流し
重い石を運び積み上げ城の土台を作り上げた

幾時代後の私たち
上弦の月のもと
ライトアップの美しい城を見る

伊勢神宮にて

「あそこに座っているの、人形じゃない…」
一緒に行った友人の声が
うす曇りのような疑問を発した

敷地内の四畳半の部屋に
黒の烏帽子をかぶり
白の直垂の神主の衣装
文机を前に
文を読むでも字を書くでもなく

前屈みになり静止したままでいる

部屋のガラス戸は開けはなたれ
石油ストーブが前と後ろに置かれている
私たちは座っている人を
しばらく観察するようにじっと見つめていた
人形のように体を崩さずにいたけれど
袖口から出ていた左手の指がかすかに動いた
私は思わずクスッと笑ってしまった

歩き出した前方には
警備の人が立っている
ここは皇室の祖霊を祀る所
琴を弾くような姿勢で

終日神に仕えている

空を塞ぐ杉木立
三月のうす曇りの日
私たちは
言葉もなく歩き始めた

お飾り

お盆前の真夏の昼下がり
用水の川沿いのフェンスに
穂が出る前の稲藁が架けられている

七年前以前の我が家の夏が甦る
稲に穂が入る前の稲を刈り取り
天日で干す
ボイラーの音が鳴り響く乾燥機で乾かしてから
十一月頃まで

陽の当たらない納屋の奥に菰に包んでしまっておく
霜が降りるようになったら
お正月用のお飾り作りが始まる
神棚の前に飾る
六尺の太い牛蒡注連飾り
尺玉、三寸玉の玄関飾り、輪飾り
家族総出で十一月下旬まで作るのだった

夫は器用な人で
六尺の牛蒡注連飾りを一人で綯るのだった
編んだ輪飾りは宮中に飾られたこともあった

周りが田んぼの
川沿いのフェンスで

新藁の香りを含ませ
濃い緑の柔らかい稲藁が
新年を迎える風に揺られている

友だちのこと

十月に新潟へ行くことになった
そこには
看護学校時代の友人がおり
新潟駅で会うことにした

彼女は今でも言う
「私が、寮を出てアパートに移るとき
リヤカーで荷物を運んだわね…」と

その後、彼女は
医師と結婚して
一人娘さんも女医として働いている

外から見たら順調そうなのに
結婚してから
「うつ病」になったという
十月の暖かい日なのに
薄いセーターとパーカーと
何枚も重ね着している

彼女は言う
「娘は医師なので、周りの医師の家庭を見て一人っ子の小四の男の子に、
毎月プールとピアノ、習字と英語を習わせている、スイミングはどう

見ても上手くないのに、本人はやめないと言い張る」と
友人はそんな孫の送り迎えを仕事にしている

駅の近くで三時間近く話をした
以前にも別れるとか言っていたが
気の合わないご主人と
今でも一緒に暮らしている
夫のいない私には
そういう夫婦の形もあるのだと

Ⅲ

夏みかんの木

まだ暑さの残る
九月の朝
北側の窓
真向かいに夏みかんの木がある

濃い緑の葉の陰
同じ色をしたテニスボール程の
夏みかんが実っている

五月の頃
黄色く実った大振りの夏みかんを
下から上へと捥いで
厚めの皮を剝き
夏みかんのジャムを作った
ジャムはほろ苦かったけど
湿気のある梅雨どきには美味しかった

露地みかんはこれから
八百屋の店先に出回る
けれど、夏みかんは冬を越し
春先に収穫される

土の中に根を張る植物は

律儀に季節を守っている
モンシロチョウが
夏みかんの木を一巡して
青い空へと飛んで行った

水田

冬の間ひっそりしていた田圃
カエルの目覚める頃より
トラクターで田起こしが始まる

田植えの前に水を張られた水田
晴れた日は空の雲
周りの立木を写している
水田は地平線まで続くかと

一本一本の細い苗

さざ波の立つ水田に植えられていく
早苗は一ミリでも高くなろうと
空を目指し背伸びする
白鷺が一羽篆刻のように隅にいる

十日ほどすると
天からの慈雨
肥沃な大地のいつくしみを受け
兄弟が増えたように苗は四本五本となる

針のように細かった苗
シトシトと雨の降る梅雨
水田は
瑞穂の国日本の色となる

田園地帯

畑の脇に植えたさくらんぼの木
紅梅より色の薄い花が満開となっている
この木は
息子夫婦が結婚するとき
農業大学校の先生がはなむけにくれた木である
昨年は
赤いさくらんぼが数えきれないほどなった
それを見ていて
次の日行ったら

さくらんぼが一日で無くなっていた

堆肥の上にスズメが日向ぼっこをしていた
近づくと驚いたように
何十羽も飛び上がり
私の方が驚かされた

いつかは空の上で
銃撃戦が始まったように
鳥の凄まじい叫び声が小一時間続いていた
小松菜の袋詰めをした帰り道
カラスがスズメの内臓を剝き出しにしていた

田んぼと畑のまれに家がある

長閑そうな田園地帯
都会を追われた鳥たちには
楽園でもあり
生死を分かつ修羅場でもあるのだ

パソコン教室

九十歳になる義母に
「小学校へ習い事に行くので、夕ごはんを早めに食べて」
と言ったら
「小学校へねぇ…」と言った

教室は
生徒五人に小学校の先生三人で教えてくれる
文章の作り方は
携帯のメールに似ている

指先の力の入れ具合で
カーソルが飛んでいく

「八時になりましたよ」と言われ
椅子を立つと
頭の中、清水がサラサラ流れている
私の中に
文字の魚が棲めるようになれるのは何時《いつ》だろう

車の運転

今日は朝から誰とも話さなかった
車を運転して仕事に行く
車がすれ違い出来ない狭い道に
向こうから車が現れる
入れ替わり出来る所で待っている
相手の車の運転手は
軽く手を挙げる
私はそれに応えて頭を下げる
信号のある交差点

右折の車がウインカーを出して待っている
私は右折させようとウインカーで合図を出す
どういう訳かその後には
スムーズに車が進むのだ
二車線の道路
私の後ろを走っていた車
私を追い越し
信号の黄から赤に変わるのに走って行った
でも次の信号の赤でその車は止まっていた
誰とも口では会話しないけど
私は車に乗って
行き交う車の運転手と会話している

フルムーンの日

正月二日
長女と孫たちと
やまとの湯*へ行く
天気予報ではフルムーンの日と言っていた

脱衣場への階段で
手をついて登る年老いた女の人
その傍らで手を貸し寄り添う女性
お風呂場で

先ほどの女性二人がいて
年老いた女の人の髪を私ほどの歳の人が
頭皮に手を入れ丁寧に洗ってあげている

私は長女に言う
「たまに里帰りした　娘さんがお母さんに親孝行しているんだね」
長女は
「いや、あれが嫁さんだったら、なおいいんだけど」
義母を介護している私は
自問自答する

露天風呂に入り、体が温まり
外に出て、天空を見上げる
左上空にフルムーンが皓々と輝いている

隣にいた人に
「今日はフルムーンだったんですよね」と言ったら
「そうよ、私は朝の五時半に、これより三倍も大きい月を見たのよ」
と、満足そうに言った

フルムーンと心優しい親子の関係
年に一度の機会に巡り合ったようだ

＊　やまとの湯＝健康温泉センター

稲刈り

長男がコンバインに乗って
稲を刈っている間
私は周りの雑草を刈る
それが終わり一休みしていると
どこからともなく白鷺がやって来る
数えると十八羽もいる
刈り終わった田んぼの中に
長い首を曲げ
コンバインの音を物ともせず

土の中の餌をついばんでいる
カラスが三羽やって来た
上空が一瞬暗くなって
蜘蛛の巣がかかったようになった
スズメが集団で降りたったのだ

白鷺とカラスとスズメ
稲刈りは人と鳥も収穫祭だ

春を待つ

今年の冬は「寒いですね」が
合言葉になっていた
田舎に電話をしたら
何十年振りに雪が積もったと

昨年十一月に植えたチューリップの球根が
赤ちゃんが人差し指を上に向けたように
春ですよと芽を出している

寒い寒いと言ってる間
時は巡っていた
節分の数日後
紅白二本の梅の木が
曇天のなかほころんでいた

体が縮んでいても
窓ガラスに映る陽の光
春はもうそこまでと

餅つきとお正月

毎年十二月三十日に餅をつく
前の日に六十キログラムの米をとぎ
朝から長男夫婦と蒸籠《せいろう》で蒸して餅を作る

以前は杵と臼を出し手でついていた
今は一蒸籠ごと
蒸し上がったもち米を機械で
五分位かけてくるくる回し
筒から出てきたら袋に入れ平らにならす

男の子四人の孫たちに手伝ってもらい
お昼過ぎまでかかって終わる
動力の電源を切ったり入れたりは
子供たちが声を掛け合っている
鏡餅に挑戦する子は
粉だらけになって上手く作れず
それを私は又作り直す
おこわになったもち米を
塩むすびにしてと頼まれる

私の子供の頃も生家では
朝から晩まで餅つきをやっていた
出来たての餅は知らない間に親戚などに回っていた

つけで買った物を餅で清算もしていた

歳神様を迎える準備で
はしゃぐように動いていた家中
けれど今はお正月に旅行する人が増えて
ホテルで働いている甥は
年末年始は忙しいときだという

どんなに時を隔てても
お正月の朝日はキラキラ輝いて
一年の活力を全身で浴びる

あとがき

私が二冊目の詩集を出そうと思ったきっかけは、最初、浦和にある菊田守先生の詩の教室で書いたいくつかの詩をまとめようと思い始めていたところに、先生が菊田先生から、北畑光男先生に変わったことです。それで思い切って詩集を出そうと決めました。

私の詩は、日記のような、日常茶飯事を並べたようなもので、ほかの人の書いた詩をよむと、いつも「私の詩はなんと拙いのだろう」と思ってしまいます。詩の文体を変えたいと思ったりもします。そしてこんな書き方しかできない私をはがゆく思っていました。

私の本名は「千枝子」ですが、ペンネームを「子」なしの「千枝」にすると、本来の私の「地味でいたい、目立たないでいたい」という気持ちから、詩を書いているうちにいろいろな方面の私が出てきて、好き勝手なことを話すような詩が書けるようになってきました。そして、地味で隠れていたいはずの私に、大手を振って街を歩きたいというような気持ちが現れてきた気がします。そして詩を書くことで、目をつむっていても景色がはっきりと見えるような、楽しい時間を持つことができるようになりました。

こんな私の詩集ではありますが、作品の一つひとつを丁寧に見て頂いた北畑先生、出版するにあたり、懇切丁寧にご指導頂いた土曜美術社出版販売社主の高木祐子様、中村不二夫編集長様には厚くお礼申し上げます。ありがとうございました。

二〇二〇年二月

三ヶ島千枝

著者略歴

三ヶ島千枝（みかしま・ちえ）

1950年生まれ
「金木犀」「花」同人

詩集『春の闖入者』（2016年　土曜美術社出版販売）

現住所　〒340-0823　埼玉県八潮市古新田1058

詩集　夏《なつ》みかんの木《き》

発　行　二〇二〇年四月三十日

著　者　三ヶ島千枝
装　丁　高島鯉水子
発行者　高木祐子
発行所　土曜美術社出版販売
〒162-0813　東京都新宿区東五軒町三—一〇
電　話　〇三—五二二九—〇七三〇
ＦＡＸ　〇三—五二二九—〇七三二
振　替　〇〇一六〇—九—七五六九〇九
印刷・製本　モリモト印刷

ISBN978-4-8120-2558-1　C0092